La peur de vieillir

PUIS ON LE RAMENAIT DANS SA CHAMBRE POUR QU'IL Y PASSE QUELQUES JOURS DE CONVALESCENCE, TOUJOURS SOUS SURVEILLANCE.
ENFIN, UNE BONNE SEMAINE PLUS TARD, IL POUVAIT RENTRER CHEZ LUI.
BEN OUI, ET ALORS?
BIENTÔT CE NE SERA PLUS PAREIL.
SI J'EN CROIS L'ARTICLE QUE J'AI DEVANT LES YEUX, EN 2005 NOUS DEVRIONS PASSER À LA CHIRURGIE AMBULATOIRE, APPELÉE AUSSI CHIRURGIE D'UN JOUR*...
?
*C'EST VRAI, JE LE JURE!
RENDS-TOI COMPTE. SUPPOSONS QUE LE MÊME MEC AIT ENCORE DES PROBLÈMES AVEC SA VÉSICULE... IL SE PRÉSENTE À L'HOSTO À HUIT HEURES DU MATIN...
...CHAMBRE, ANALYSES, RADIOS, ANESTHÉSIE...
ATTENDEZ! IL N'A PAS ENCORE FAIT PIPI!
POUHHHH
...BLOC OPÉRATOIRE... RÉVEIL...
RÉVEILLEZ-VOUS! ALLONS! RÉVEILLEZ-VOUS!
CLAP
PLAF
MINUTE, JE N'AI PAS FINI DE LE RECOUDRE.
322
...ET À 11 HEURES, DEHORS!
BONK
BOM
POURQUOI VEULENT-ILS ARRIVER À ÇA?
POUR RÉDUIRE LES COÛTS DE SANTÉ, PARAÎT-IL.
TU VEUX QUE JE TE DISE?... ON N'A PAS INTÉRÊT À VIEILLIR...
TU L'AS DIT!
BERCOVICI & CAUVIN

Les Femmes en Blanc

CORPS DE GARDE

Dessin : Bercovici / Scénario : Cauvin

DUPUIS

Dépôt légal : novembre 2000 — D.2000/0089/184
ISBN 2-8001-2960-3— ISSN 0771-9124

Imprimé en Belgique.

Le panaris

ALBERT, C'EST PRÊT!
OUUAAAAAAAAAAAAAHHHH
HOULOULOULOULOULOULOULOU
AÏE AÏE AÏE AÏE AÏE AÏE
ÉCOUTE, MAMAN, ÇA SUFFIT!
COMMENT VEUX-TU QUE J'ÉTUDIE DANS UN BOUCAN PAREIL ?
PFFFFUUUU PFFUUUU PFFUUU
QUE VEUX-TU QUE J'Y FASSE ? TU CONNAIS TON PÈRE. QUAND IL A UN BOBO, IL REFUSE TOUJOURS DE SE FAIRE SOIGNER.

PAPA !
PFF PFFUUUU PFFUUUUU...
PAPA !
OUI ?
TU VAS ME FAIRE LE PLAISIR D'APPELER TON MÉDECIN TRAITANT !
IL N'EN EST PAS QUESTION !
PAPA, IL NE FAUT PAS PRENDRE UN PANARIS À LA LÉGÈRE. SI CET ABCÈS N'EST PAS RIGOUREUSEMENT SOIGNÉ, L'INFECTION PEUT GAGNER TOUT LE BRAS !
MAIS JE LE SOIGNE ! JE LE TREMPE DANS L'EAU CHAUDE POUR LE FAIRE MÛRIR !
OUI, MAIS PAS ASSEZ LONGTEMPS !
PARCE QU'ELLE EST BOUILLANTE ! LA PREUVE, ELLE EN PROFITE POUR Y CUIRE DES ŒUFS DURS !
EN MÊME TEMPS !? MAIS C'EST DÉGOÛTANT !
ET APRÈS ? L'EAU NE RENTRE PAS DANS L'ŒUF, À CE QUE JE SACHE.
LÀ, TU VOIS ?
NATHALIE, QU'EST-CE QUE TU VAS FAIRE ?
TÉLÉPHONER AU MÉDECIN.
J'IRAI PAS ! J'IRAI PAS !
ALBERT, S'IL TE PLAÎT, SOIS UN PEU RAISONNABLE ...
TU N'AURAS PAS À TE DÉRANGER. JE LUI AI EXPLIQUÉ. C'EST LUI QUI VIENT.
QU'EST-CE QU'IL VA LUI FAIRE ?

CERTAINEMENT LUI INCISER L'ABCÈS. ÇA LUI FERA MAL SUR LE COUP, MAIS APRÈS, IL SE SENTIRA SOULAGÉ...
ÇA VA PAS LA TÊTE ?!
TOC TOC T...
OUAAAAAAAHHHH!
PLUS TARD...
ALBERT, CESSE DE TREMBLER, VEUX-TU ?
ATTENTION, J'Y VAIS !
#@!! RESTEZ TRANQUILLE !!
HOOUULOULOULOULOULOULOU
AÏE AÏE AÏE
ALBERT ! S'IL TE PLAÎT !
OUAAAAH AAAAAAH
PAPA !
ENCORE UNE FOIS, S'IL VOUS PRENAIT L'ENVIE DE CHANGER DE MÉDECIN DE FAMILLE, SURTOUT N'HÉSITEZ PAS...
ÇA VALAIT VRAIMENT LA PEINE DE FAIRE TANT DE CINÉMA POUR UN SI PETIT BOBO...
J'AURAIS VOULU T'Y VOIR !
LES HOMMES SONT VRAIMENT DES DOUILLETS !
OUAAAÂÂÂÂAAAH
QUOI ENCORE ?
COMMENT ÇA, UN ONGLE INCARNÉ ? QUAND S'EN EST-IL APERÇU ?
QUAND JE LUI AI MARCHÉ SUR LE PIED.
GAUVIN · BERCOVICI

"Cou" de l'opération

Réussir à tout prix

MAIS ENFIN, POURQUOI NE M'AS-TU PAS APPELÉE PLUS TÔT ?
PARCE QUE TU AS HORREUR D'ÊTRE DÉRANGÉE QUAND TU TRAVAILLES...
AAAEUUUFFF... HEÛÛFFFF...
IL Y A LONGTEMPS QU'IL EST COMME ÇA ?!
BEN... QUAND MÊME... ÇA FAIT UN PETIT BOUT DE TEMPS...
EÛÛÛUUFFFF...
MAMAN, SAIS-TU QUE LORSQUE LES CELLULES DU CERVEAU SONT PRIVÉES D'OXYGÈNE PENDANT PLUS DE TROIS MINUTES, UNE LÉSION APPARAÎT ET EST IRRÉVERSIBLE !?!
MON DIEU ! IL NE LUI MANQUERAIT PLUS QUE ÇA !
QU'EST-CE QUI L'A MIS DANS CET ÉTAT ?
UUUUUUFFFF... UUUUUHFFF...
JE NE SAIS PAS, MOI ! IL PRENAIT SON APÉRO, QUAND SOUDAIN...
LES CACAHUÈTES !
HHHH
IL A SÛREMENT AVALÉ UNE CACAHUÈTE DE TRAVERS - MAMAN, AIDE-MOI À LE METTRE DEBOUT, VITE !
QU'EST-CE QUE TU VAS FAIRE ?
HHHH FFFF...
...LUI PRATIQUER LA MANŒUVRE DE HEIMLICH !
UUUÛÛ HUU...
LA... LA QUOI ?
ÇA CONSISTE À SE PLACER DERRIÈRE LA VICTIME, À L'ENTOURER DE SES DEUX BRAS EN METTANT LES DEUX POINGS SOUS LE STERNUM...
ÛÛÛÛH UUU

ET À APPUYER FORTEMENT, D'UN COUP SEC, POUR PROVOQUER UNE EXPIRATION FORCÉE...
COMME CECI...
UUUUH...
HOP!
UUUUNGF
EH BEN,...JE ME SENS BEAUCOUP MIEUX, MOI!
MAMAN!
?
PAPA, SORS LA VOITURE, VITE!
UNE CACAHUÈTE DANS L'ŒIL! J'AVOUE QUE CE N'EST PAS COURANT!
QUELQUES JOURS PLUS TARD...
TIENS, OÙ EST PASSÉE TA FILLE?
ELLE EST PARTIE ÉTUDIER CHEZ MAMAN... POUR ÊTRE PLUS TRANQUILLE, ELLE A DIT...
RIEN SUR LES RHUMATISMES? MÊME PAS UN PETIT LIVRE DE RIEN DU TOUT?
NON, GRAND-MÈRE.
SGNIF

Drôle de nom

SALLE ATTENTE
BRAVO, MONSIEUR BOURGEOIS ! CETTE FOIS, VOUS ET VOTRE ÉPOUSE AVEZ CALCULÉ JUSTE ! VOTRE BÉBÉ EST NÉ EXACTEMENT LE JOUR DE NOËL.
POURQUOI "CETTE FOIS" ? IL Y A EU DES RATÉS AVANT ?
DEUX.
LE PREMIER DE LEURS GARÇONS EST NÉ DEUX JOURS AVANT. DU COUP, ILS L'ONT APPELÉ "TROP TÔT".
"TROP TÔT" ?!
C'EST PAS UN NOM, ÇA !
IL N'Y A RIEN D'ÉTONNANT À CELA. PAR LES TEMPS QUI COURENT, CERTAINS PARENTS N'HÉSITENT PAS À AFFUBLER LEUR PROGÉNITURE DE NOMS À COUCHER DEHORS.
ET LE SECOND ?
IL EST NÉ TROIS JOURS APRÈS.
ILS L'ONT APPELÉ "TROP TARD".
"TROP TARD", C'EST PAS UN NOM, ÇA ! ET CETTE FOIS-CI ?
ILS VONT L'APPELER NOËL, ÇA NE FAIT PAS L'OMBRE D'UN DOUTE...
SALLE D'ATTENTE
N'EST-CE PAS, MONSIEUR BOURGEOIS ?
HEIN ? EUH... NON...
?
PILE-POIL ! C'EST PAS UN NOM, ÇA !
TU L'AS DIT.
BERCOVICI · CAUVIN.

Affaires de cœur

CAUVIN - BERCOVICI

Le nez en l'air

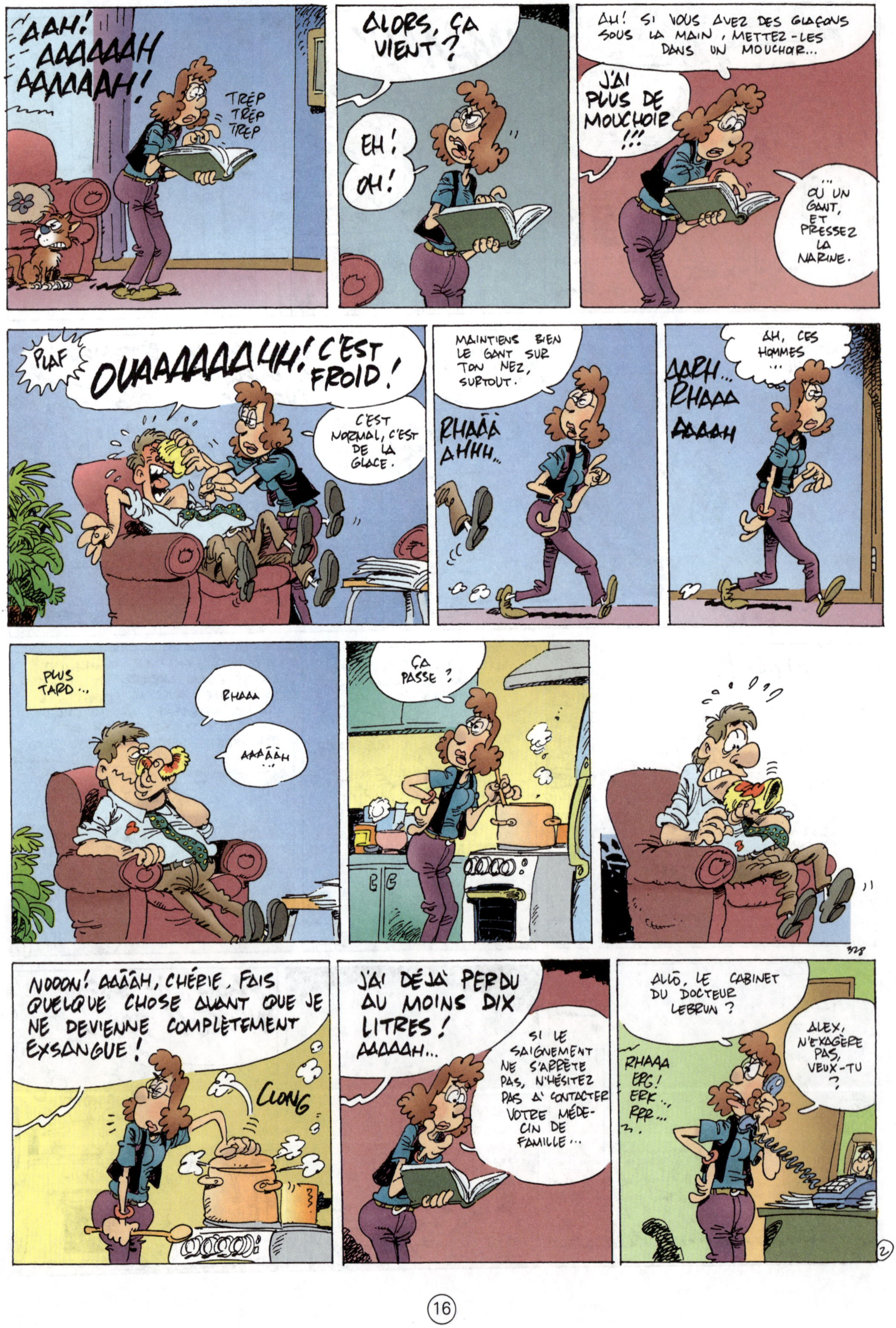
AAH! AAAAAAH AAAAAAH!
TRÈP TRÈP TRÈP
ALORS, ÇA VIENT ?
EH! OH!
AH! SI VOUS AVEZ DES GLAÇONS SOUS LA MAIN, METTEZ-LES DANS UN MOUCHOIR...
J'AI PLUS DE MOUCHOIR !!!
... OU UN GANT, ET PRESSEZ LA NARINE.
PLAF
OUAAAAAAAHH! C'EST FROID !
C'EST NORMAL, C'EST DE LA GLACE.
MAINTIENS BIEN LE GANT SUR TON NEZ, SURTOUT.
RHAÂÂ AHHH...
AH, CES HOMMES ...
AARH... RHAAA AAAAH
PLUS TARD...
RHAAA
AAAÂÂH ...
ÇA PASSE ?
NOOON! AAÂÂH, CHÉRIE, FAIS QUELQUE CHOSE AVANT QUE JE NE DEVIENNE COMPLÈTEMENT EXSANGUE !
CLONG
J'AI DÉJÀ PERDU AU MOINS DIX LITRES ! AAAAAH...
SI LE SAIGNEMENT NE S'ARRÊTE PAS, N'HÉSITEZ PAS À CONTACTER VOTRE MÉDECIN DE FAMILLE...
ALLÔ, LE CABINET DU DOCTEUR LEBRUN ?
RHAAA ERG! ERK... RRR...
ALEX, N'EXAGÈRE PAS, VEUX-TU ?

COMMENT ÇA, IL NE PEUT PAS VENIR ?
IL A SANS DOUTE UN EMPÊCHEMENT, MAIS IL A PROMIS DE TE RECEVOIR DÈS QUE TU SERAS ARRIVÉ !
... SI J'Y ARRIVE !
?
?
?
?
?
?
ENTREZ, MONSIEUR DUMONT, LE DOCTEUR VOUS ATTEND.
MERCI.
PRENEZ UN SIÈGE, JE VOUS PRIE...
?!
VOUS AVEZ ESSAYÉ DE COMPRIMER LA NARINE AVEC UN DOIGT ?
JE NE FAIS QUE CELA !
ET LA GLACE, VOUS AVEZ ESSAYÉ LA GLACE ?
OUI.
... ET SI ON ESSAYAIT AVEC UN BRAS LEVÉ ?
ESSAYONS.
AH, CES HOMMES...
(3)

Ça me fait une belle jambe...

Xénogreffe

VOTRE FILLE SUIT TOUJOURS SES ÉTUDES D'INFIRMIÈRE ?
TOUJOURS ! LA VÔTRE AUSSI ?
OUI...
VOUS NE DEVRIEZ PAS FAIRE CETTE TÊTE-LÀ ! INFIRMIÈRE, C'EST UN BEAU MÉTIER. VOUS DEVRIEZ ÊTRE RAVI !
OUI, MAIS EN ATTENDANT, CE N'EST PAS TOUJOURS FACILE À SUPPORTER.
MA FEMME ASSUME TRÈS BIEN. MAIS MOI...
DITES-MOI TOUT...
TOUT A COMMENCÉ IL Y A DEUX MOIS...
SI TU DÉSIRES ENCORE DU RÔTI, ALBERT, SERS-TOI !
JE VEUX BIEN. CETTE VIANDE EST DÉLICIEUSE.
QU'EST-CE QUE TU AS FAIT, AUJOURD'HUI, MA CHÉRIE ?
J'AI ASSISTÉ À UNE XÉNOGREFFE.
UNE... UNE QUOI ?
UNE XÉNOGREFFE. C'EST UNE TRANSPLANTATION D'ORGANE ANIMAL SUR UN ÊTRE HUMAIN.
SCHÔMP SCHÔMP SCHÔMP
ICI, EN L'OCCURRENCE, IL S'AGISSAIT DE TRANSPLANTER LE REIN D'UN PORC SUR UN PATIENT.
ET... ÇA A MARCHÉ ?
GLOUP
326
ON NE LE SAURA QUE DANS QUELQUES JOURS. IL Y A TOUJOURS UN CERTAIN RISQUE DE REJET...
ET LE PORC, DANS TOUT CELA ?
UNE FOIS MORT, ON LE DÉCOUPE, ET TOUTE L'ÉQUIPE SE PARTAGE LES MORCEAUX.
SCHÔMP SCHÔMP SCHÔMP

TU EN MANGES EN CE MOMENT.
HI, HI, HI ! NE T'INQUIÈTE PAS, PAPA...
... CES BÊTES NAISSENT PAR HYSTÉRECTOMIE EN MILIEU STÉRILE ET SONT AINSI PROTÉGÉES DE TOUTES BACTÉRIES ET AUTRES CONTAMINANTS HABITUELS.
BEN... SI ELLE LE DIT...
OUI... MAIS TOUT DE MÊME...
LE MOIS DERNIER...
LA XÉ... LA XÉLO...
LA XÉNOGREFFE ?
SCHOMP SCHOMP SCHOMP
OUI, CELLE DE LA DERNIÈRE FOIS, ELLE A RÉUSSI ?
NON, COMME TOUT LE MONDE LE CRAIGNAIT, IL Y A EU REJET.
LE MALHEUREUX A FAILLI MOURIR. IL S'EN EST FALLU DE PEU...
MON DIEU... ET ALORS ?
CE MATIN, ON EN A TENTÉ UNE AUTRE.
UNE AUTRE QUOI ?
UNE AUTRE XÉNOGREFFE.
ENCORE UN REIN DE PORC ?
NON, CELUI D'UN BABOUIN, CETTE FOIS.
SCHOMP...

ET... ÇA A MARCHÉ ?
POUR LE SAVOIR, IL FAUDRA ENCORE ATTENDRE.
ET... ET LE BABOUIN ?
SCHOMP SCHOMP
COMME POUR LE COCHON. ON L'A DÉCOUPÉ ET TOUTE L'ÉQUIPE S'EST PARTAGÉ LES MORCEAUX.
GLOUP
TU EN MANGES EN CE MOMENT.
CLING
HI, HI, HI ! NE T'INQUIÈTE PAS, PAPA. CES BÊTES SONT TENUES EN MILIEU STÉRILE ET SONT AINSI PROTÉGÉES DE TOUTES BACTÉRIES OU AUTRES CONTAMINANTS...
ALORS VOUS... VOUS AVEZ MANGÉ DU BABOUIN ?
NOTEZ QUE DANS CERTAINES PARTIES DU MONDE, LES SINGES FONT PARFOIS PARTIE DU MENU...
MAIS TOUT DE MÊME.
ET ENSUITE ?
C'ÉTAIT CE MIDI...
SI TU DÉSIRES EN REPRENDRE ENCORE, ALBERT, N'HÉSITE PAS.
AVEC PLAISIR, C'EST DÉLICIEUX.

À PROPOS, LA DERNIÈRE XÉNOGREFFE... A-T-ELLE RÉUSSI, CETTE FOIS ?
LAQUELLE, MAMAN ?
RAPPELLE-TOI, CE REIN DE BABOUIN QU'ON AVAIT TRANSPLANTÉ À CE MALHEUREUX PATIENT !
AH, OUI...
NON. QUELQUES JOURS APRÈS, IL S'EST DE NOUVEAU RETROUVÉ ENTRE LA VIE ET LA MORT...
TCHOMP TCHOMP TCHOMP
MON DIEU...
IL FALLAIT AGIR VITE. ET C'EST ALORS QUE, POUR LUI, LE MIRACLE EST ARRIVÉ...
TCHOMP ?
ON LUI A FAIT UNE NOUVELLE XÉNOGREFFE ?
NON ! UNE VRAIE GREFFE, CETTE FOIS-CI !
TCHOMP ? TCHOMP ? TCHOMP ?
GLOUP
ON A PU LUI TRANSPLANTER LE REIN D'UN PAUVRE TYPE QUI S'ÉTAIT TUÉ À MOTO LA VEILLE AU SOIR...
CETTE FOIS, AU MOINS, L'OPÉRATION A TOUTES LES CHANCES DE RÉUSSIR !
ET LE...?
LE DONNEUR ?
EH BIEN...
NON ! NE DIS RIEN ! SURTOUT, NE DIS RIEN !
NE... NE ME DITES PAS QUE... QU'ENFIN... QU'ILS ONT OSÉ...?
NON, NON, ILS L'ONT MIS À LA MORGUE. QUANT À MOI, MA FEMME M'A DIT QU'IL S'AGISSAIT D'UN CIVET DE LAPIN...
...MAIS TOUT DE MÊME, ÇA M'A FAIT UN CHOC... ENCORE UN !
COMME JE VOUS COMPRENDS ! GARÇON !
VOILÀ ! VOILÀ !

La stagiaire

Hyperhydrose

EXPLIQUEZ-MOI QUEL EST VOTRE PROBLÈME.
VOUS ALLEZ COMPRENDRE, DOCTEUR.
JE VOIS... SI JE PUIS DIRE... NOTEZ QU'IL Y A BIEN DES RECOURS THÉRAPEUTIQUES...
L'APPLICATION LOCALE DE PRÉPARATIONS À BASE DE SELS D'ALUMINIUM, PAR EXEMPLE...
PCHHHHHH
...OU DE FORMOL... MAIS TOUT CELA EST LOIN DE MARCHER À TOUS LES COUPS...
GLOU GLOU BLOUG
IL Y A BIEN AUSSI LA MÉTHODE DE L'IONOPHORÈSE QUI CONSISTE À TREMPER LES PIEDS DANS DE L'EAU TRAVERSÉE PAR UN COURANT, MAIS C'EST TELLEMENT ASTREIGNANT.
ON POURRAIT AUSSI, À LA RIGUEUR VOUS ADMINISTRER DES MÉDICAMENTS ANTICHOLÉGÉNIQUES...
MAIS ON ARRIVE DIFFICILEMENT À EN CONTRÔLER LES EFFETS SECONDAIRES.
PLOP
PLOP
PLOP
PLOP
PLOP
MAIS ALORS ?
IL FAUT PRENDRE VOTRE MAL EN PATIENCE. NOUS FINIRONS BIEN PAR TROUVER QUELQUE CHOSE...
340
PLUS TARD...
CHÉRIE, UNE ÉQUIPE DE CHERCHEURS ATTACHÉS À L'UNIVERSITÉ DE WÜRZBURG (BAVIÈRE) A DÉMONTRÉ QU'UNE INJECTION INTRADERMIQUE DE TOXINE BOTULIQUE SUR LE SITE DE LA TRANSPIRATION DONNAIT DES RÉSULTATS ABSOLUMENT REMARQUABLES...*
NOUVELLES DE LA MÉDECINE
* AUTHENTIQUE.
CHÉRIE, REVIENS! JE VAIS ESSAYER, JE TE LE JURE!
PARFAIT! QUAND TU SERAS GUÉRI, JE REVIENDRAI!
ABOU DHABI
2
BERCOVICI - CAUVIN 99

Sourire force 3

TOUT D'ABORD, NOUS AVONS COMMENCÉ PAR RÉDUIRE LES 221 FRACTURES.
PLÂTRE
IL A PASSÉ UNE ANNÉE ENTIÈRE DANS LE PLÂTRE.
ENSUITE, APRÈS AVOIR VÉRIFIÉ QU'IL VIVAIT TOUJOURS, NOUS SOMMES PASSÉS À LA CHIRURGIE DITE DE SUBSTITUTION.
CÔTÉ DROIT, ON LUI A PLACÉ UN CATHÉTER DANS LE CERVEAU, UN CRISTALLIN ARTIFICIEL, REMODELÉ LE NEZ, RECONSTITUÉ LE MENTON, APPLIQUÉ UNE MÂCHOIRE À DEUX POSITIONS ET REPIQUÉ LES DENTS...
...ADAPTÉ UN BRAS DROIT AVEC COUDE, POIGNET ET DOIGTS ARTIFICIELS, POSÉ UNE PROTHÈSE DE LA HANCHE, UNE DU FÉMUR ET UNE DU GENOU. APPOSÉ UN LIGAMENT, UN TALON ET QUATRE ORTEILS ARTIFICIELS...
APRÈS UN PETIT TEMPS DE PAUSE...
336
...NOUS SOMMES PASSÉS AU CÔTÉ GAUCHE. NOUS AVONS REFAIT UN PAVILLON D'OREILLE ET UN TYMPAN, PLACÉ UNE ÉPAULE ET UN COUDE ARTIFICIELS, PLACÉ UNE VALVE CARDIAQUE ET UN ACCÈS POUR DYALISE...
...PLACÉ DES AGRAFES ET REMPLACÉ DES CARTILAGES DE LA MAIN, SANS OUBLIER DES TENDONS TEMPORAIRES ET QUELQUES VEINES ET ARTÈRES ARTIFICIELLES...

ENFIN, APRÈS UN AUTRE PETIT TEMPS DE PAUSE Ô COMBIEN NÉCESSAIRE...
NOUS AVONS REMPLACÉ LA JAMBE PAR UNE AUTRE, ARTIFICIELLE CELLE-LÀ.
SIX MOIS PLUS TARD, IL SORTAIT DE L'HÔPITAL COMPLÈTEMENT REMIS À NEUF... ENFIN, SI JE PUIS DIRE.
NE NOUS DITES PAS QU'IL A PU REFAIRE SA VIE COMME AVANT !
EH BIEN, SI ! ET EN MIEUX !
IL A PLACÉ SA MÂCHOIRE SUR POSITION 2 (SOURIRE NIAIS)...
CLIK
...ET S'EST PORTÉ CANDIDAT AUX ÉLECTIONS. COMME TOUS LES AUTRES, IL A PROMIS N'IMPORTE QUOI. IL Y A MIS TELLEMENT DE CONVICTION...
VOTEZ POUR MOI
ARGENT
SANTÉ
AMOUR
SOINS GRATUITS
VOTEZ POUR MOI
SEMAINE DE 20 HEURES
SIX MOIS DE CONGÉS PAYÉS
VOT
VOT
QUE MOI-MÊME ET BEAUCOUP D'AUTRES AVONS VOTÉ POUR LUI.
A VOTÉ !
CLAK
IL FUT ÉLU ET TRÈS VITE NOMMÉ MINISTRE. DÈS LORS, SA VIE BASCULA COMPLÈTEMENT. QUANT AUX SÉQUELLES... IL EXISTE DES MÉTIERS, COMME ÇA, OÙ LES SÉQUELLES D'OPÉRATIONS, FUSSENT-ELLES GRAVES, NE HANDICAPENT NULLEMENT.

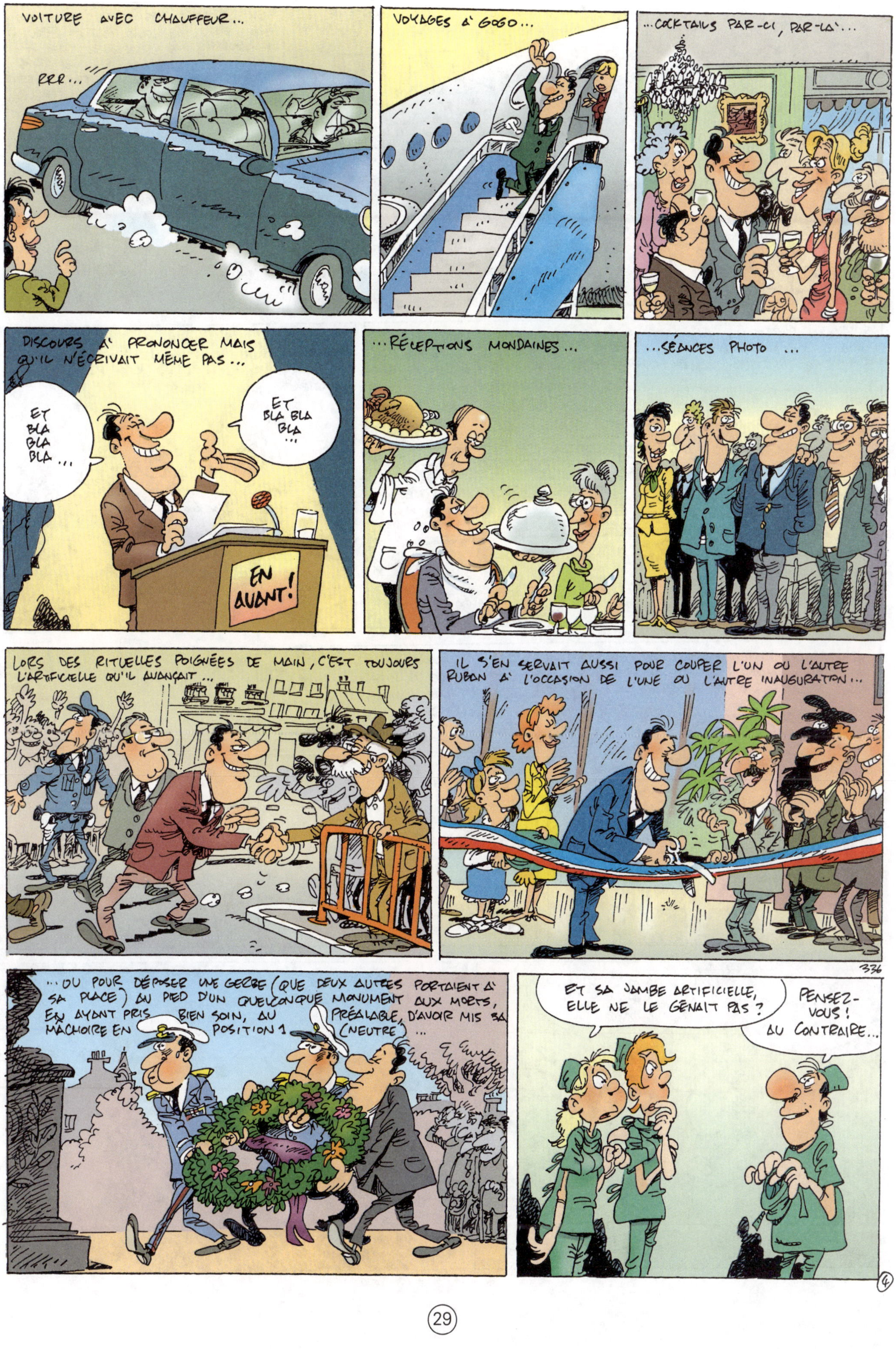
VOITURE AVEC CHAUFFEUR...
RRR...
VOYAGES À GOGO...
...COCKTAILS PAR-CI, PAR-LÀ...
DISCOURS À PRONONCER MAIS QU'IL N'ÉCRIVAIT MÊME PAS...
ET BLA BLA BLA...
ET BLA BLA BLA...
EN AVANT!
...RÉCEPTIONS MONDAINES...
...SÉANCES PHOTO...
LORS DES RITUELLES POIGNÉES DE MAIN, C'EST TOUJOURS L'ARTIFICIELLE QU'IL AVANÇAIT...
IL S'EN SERVAIT AUSSI POUR COUPER L'UN OU L'AUTRE RUBAN À L'OCCASION DE L'UNE OU L'AUTRE INAUGURATION...
...OU POUR DÉPOSER UNE GERBE (QUE DEUX AUTRES PORTAIENT À SA PLACE) AU PIED D'UN QUELCONQUE MONUMENT AUX MORTS, EN AYANT PRIS BIEN SOIN, AU PRÉALABLE, D'AVOIR MIS SA MÂCHOIRE EN POSITION 1 (NEUTRE)...
ET SA JAMBE ARTIFICIELLE, ELLE NE LE GÊNAIT PAS?
PENSEZ-VOUS! AU CONTRAIRE...

IL SE REPOSAIT SUR ELLE À CHAQUE FOIS QU'IL DEVAIT RESTER LONGTEMPS IMMOBILE, COMME POUR UN DÉFILÉ MILITAIRE, PAR EXEMPLE.
PLAN PLAN RATAPLAN
HÉLAS, TOUTES LES BONNES CHOSES ONT UNE FIN. UN JOUR, IL FUT APPELÉ À INAUGURER UNE NOUVELLE LIGNE DE T.G.V. : PARIS - STRASBOURG, JE CROIS. TOUTES LES PERSONNALITÉS PRÉSENTES AVAIENT PRIS PLACE À L'INTÉRIEUR COMME IL SE DOIT...
SOUDAIN, PERSONNE NE SAIT ENCORE COMMENT IL S'Y PRIT, POUSSÉ PAR UNE PULSION SANS DOUTE INCONTRÔLABLE, IL SAUTA DANS LE VIDE ALORS QUE LE CONVOI ROULAIT À PLUS DE 350 KM/HEURE.
VROOOOOOOO
ZZZOOOOOUF
PAF
BAF
BLONK
QUAND ON L'A AMENÉ ICI, ON A COMPRIS TOUT DE SUITE QU'ON NE POUVAIT PLUS RIEN FAIRE POUR LUI. MÊME SES PROTHÈSES ÉTAIENT INUTILISABLES.
S'IL AVAIT PU CONTRÔLER SES PULSIONS, IL SERAIT ENCORE DE CE MONDE À L'HEURE QU'IL EST.
BREF, COMME VOUS AVEZ PU LE CONSTATER, IL NE FAUT JAMAIS PRÉSAGER DE RIEN...
?
AU FAIT, QU'EST-CE QUI LUI EST ARRIVÉ, À CELUI-CI ?
IL S'EST ATTAQUÉ AU RECORD DE SAUT EN CHUTE LIBRE, DOCTEUR.
EN PARACHUTE ?
NON, IL L'AVAIT OUBLIÉ...
JE VOUS AVERTIS, MESDEMOISELLES, CE SERA DIFFICILE.
TRÈS, TRÈS DIFFICILE.
ANGÈLE, LE PLÂTRE !
VOILÀ, VOILÀ...
CAUVIN & BERCOVICI

Laid nez

AAAAH ! MAIS QU'EST-CE QUI M'EST ARRIVÉ !?
UN TERRIBLE ACCIDENT DE LA ROUTE, MONSIEUR HARDY, ET QUI VOUS A PRIVÉ DE NEZ...
DE NEZ !? MAIS C'EST AFFREUX !
JE ME DOUTAIS QU'À VOTRE RÉVEIL, VOUS ALLIEZ DIRE CELA...
... AUSSI AI-JE PENSÉ À VOUS. ENLEVEZ VOTRE BANDAGE, JE VAIS VOUS ESSAYER CECI.
?
MMMH... NON. C'EST LA MOUSTACHE QUI NE VOUS VA PAS.
CECI PEUT-ÊTRE...
...NON PLUS. LA TEINTE DES VERRES DE LUNETTES NE COLLE PAS À VOTRE TEINT BLAFARD...
ALORS CECI...
HÉÉÉ... PAS MAL...
SUZANNE...
OUI ?
C'EST UNE VÉRITABLE PROTHÈSE DONT MONSIEUR A BESOIN, PAS D'UN RIDICULE GADGET.
AH, DÉSOLÉ MA PETITE DAME, MAIS ICI, LES ARTICLES NE SONT NI REMBOURSÉS NI ÉCHANGÉS...
ÇA M'APPRENDRA À VOULOIR FAIRE PLAISIR.
À LOUER
331
CAUVIN-BERCOVICI

À l'eau...

NE CROYEZ PAS QUE LES BONS NAGEURS SOIENT À L'ABRI DE LA NOYADE...
J'AI DRÔLEMENT BIEN MANGÉ...
UN ACCIDENT PEUT SURVENIR À TOUT UN CHACUN...
...ET À PRÉSENT, UN PETIT PLONGEON, ÇA TE DIT ?
QUAND J'AURAI FAIT LA VAISSELLE. HIHIH...
SURTOUT SI ON ENTRE BRUTALEMENT DANS L'EAU APRÈS UN REPAS COPIEUX...
PLOUTCH
RHAÂÂ... TU AS TORT! ELLE EST BONNE...
GLRB
MO... MONIQUE... JE... GLRBLLUGLLLL...
HIHIHI... NORBERT, CESSE DE FAIRE L'ANDOUILLE, VEUX-TU ?
MOOONIIIQUOOOSECOUUUUGLU BLGLBLGLLBLOUB GLOUBL...
NOR... NORBERT ?
NORBERT ?!
GL... BLOUB GLOUB
QUE FAIRE EN CAS DE NOYADE ?
NOORBEEERT!

Qui sont les patients des "Femmes en blanc" ?

C'est la question à laquelle nous souhaitons apporter une réponse via ce questionnaire, qui n'a rien de médical. Histoire de prendre le pouls de notre lectorat et de vous soigner davantage. Rassurez-vous : le seul effet secondaire, pour les 500 premiers d'entre vous qui nous renvoient ce questionnaire, est de gagner un tome des "Femmes en blanc" (à choisir parmi les trois qui vous sont proposés en fin de questionnaire) ou un poster original des "Femmes en blanc".

Q1 : À quelle fréquence lisez-vous des BD ?

1) plusieurs par semaine
2) 1 par semaine
3) 3 à 4 par mois
4) 1 à 2 par mois
5) entre 8 à 12 par an
6) entre 3 à 7 par an
7) moins souvent

Q2 : Combien de BD possédez-vous chez vous ?

1) entre 1 et 10
2) entre 10 et 50
3) entre 50 et 100
4) entre 100 et 500
5) 500 et plus

Q3 : Généralement, les BD que vous lisez

1) vous les avez achetées vous-même
2) ont été achetées par un autre membre du ménage à votre demande
3) ont été achetées par un autre membre du ménage mais pas à votre demande
4) vous ont été offertes
5) vous ont été prêtées
6) ont été louées dans une bibliothèque
7) autre, précisez (en lettres capitales SVP) :

Si vous avez coché la réponse 1 ou 2 de la question 3 :
Q4 : Où ces BD sont-elles habituellement achetées ?

1) dans une librairie spécialisée
2) dans une librairie générale
3) dans une grande surface spécialisée (Fnac,...)
4) dans une grande surface
5) via Internet
6) autre, précisez (en lettres capitales SVP)

Q5 : Quels genres de BD lisez vous ?

Classez vos réponses par ordre de préférence, en attribuant le 1 à votre genre préféré, 2 au suivant ... et 0 au(x) genre(s) que vous ne lisez jamais

1) Mangas
2) Western
3) Policier, polar
4) Histoire & aventures historiques
5) Science-fiction, fantastique
6) Autre, précisez (en lettres capitales SVP)

Q6 : Classez par ordre de préférence ce que vous appréciez particulièrement lors de la lecture d'une bande dessinée (1 = la cote la plus forte ; 3 = la cote la plus faible)

1) L'humour
2) L'imaginaire
3) Le réalisme

Q7 : Comment avez-vous découvert la série "Les Femmes en Blanc" ?

1) Le Journal de Spirou
2) Conseils du libraire
3) Prépublications dans la presse (autre que dans le Journal de Spirou)
4) Articles dans la presse
5) Publicité
6) Le " bouche à oreille "
7) Action promotionnelle
8) Autre :

Q8 : Combien d'albums de la série "Les Femmes en Blanc" aviez-vous avant celui-ci ?

1) aucun
2) entre 1 et 3
3) entre 4 et 6
4) entre 7 et 10
5) entre 11 et 15
6) plus de 15

Q9 : Quelle est votre activité principale ?

1) Ecolier
2) Etudiant
3) Sans emploi
4) Ouvrier
5) Artisan /commerçant
6) Fonctionnaire
7) Employé
8) Cadre
9) Indépendant
10) Profession libérale, dirigeant d'entreprise
11) Retraité
12) Autre

Q10 : Dans votre ménage, combien y a-t-il de personnes ?

1) de moins de 10 ans personnes
2) de 11 à 16 ans personnes
3) de 17 à 24 ans personnes
4) de plus de 25 ans personnes

Si vous faites partie des 500 heureux gagnants, vous pouvez choisir un de ces 3 tomes ou le poster.

le n°8 " Six foies neufs "
le n°11 " Sang dessus dessous "
le n°12 " Cœur d'artiste chaud "
le poster original

Pour vous faire parvenir votre cadeau, nous avons besoin de vos coordonnées.

Nom
Prénom
Sexe : M F Date de naissance
Adresse N° Bte
Code Postal Localité
Tél. : Fax :
E-mail

Renvoyez ce questionnaire, en mentionnant : Enquête "Femmes en Blanc", 24 Boulevard Louis Schmidt • B-1040 Bruxelles

L'enregistrement des données de ce document nous permettra de donner suite à votre demande. Vous disposez à tout moment du droit d'accès, de correction ou de suppression de ces données. Ces informations ne seront pas transmises à des tiers.

IL FAUT AGIR LE PLUS RAPIDEMENT POSSIBLE POUR SORTIR LE NOYÉ DE L'EAU.
PLOUTCH
ARG... BLOUB BLOUB ...
...CELA NE SIGNIFIE PAS POUR AUTANT QUE VOUS DEVIEZ SAUTER À L'EAU, SURTOUT SI VOUS N'ÊTES PAS BON NAGEUR ET ENTRAÎNÉ AU SAUVETAGE...
UN NOYÉ QUI PANIQUE FAIT DES MOUVEMENTS TELLEMENT DÉSORDONNÉS...
NORBERT! NOOOON! NOOOON!
ARG! BLOUB BLOUB ARGL!
...QU'IL POURRAIT FACILEMENT VOUS ENTRAÎNER...
NOOOON!
ARG GN... GN... ARG...
...AU FOND.
BLOUB BLOUB
UUUUUUPHHH...
UUUUUUPPHH
GLOUB BLOUB
MO... MONIQUE... R... REVIENS... BLOUB BLOUB
FLITCH FLATCH
HEEELP BLLLOUB GLRB
UN BON CONSEIL: COMMENCEZ PAR ESSAYER DE CALMER LA VICTIME.
DU CALME, CHÉRI... DU CAAAALME... EST-CE QUE JE M'ÉNERVE, MOI ?

CE FAISANT, LANCEZ-LUI UNE CORDE, UNE BOUÉE...
VOUS EN CONNAISSEZ BEAUCOUP, VOUS, QUI EMPORTENT UNE CORDE OU UNE BOUÉE POUR PASSER LEUR LUNE DE MIEL !?
N'IMPORTE QUOI, POURVU QU'IL PUISSE S'AGRIPPER.
GLOUB BLOUB
BLOUB BLOUB
GLOU.
QUAND LA VICTIME EST SORTIE DE L'EAU, VOUS... EUH...
INCROYABLE, ELLE S'EST MARIÉE IL Y A UN AN À PEINE... QU'EST-IL ADVENU DE SON PREMIER MARI ?
IL A EU UN PROBLÈME PENDANT LEUR VOYAGE DE NOCES !

Plein gaz

DOCTEUR...
MH ?
LE... LE PATIENT.... IL DEVIENT TOUT BLEU !
HAHA... HAHAHA... ATTENTION... S'IL DEVIENT DE PLUS EN PLUS BLEU, SA CHEMISE VA CRAQUER, SON PANTALON AUSSI ET IL VA TOUT CASSER DANS LA BARAQUE !
?
HAHA... HA...
?
BEN OUI, QUOI... IL VA FAIRE COMME HULK.
LE MEC QUI DEVIENT TOUT BLEU...
LE FEUILLETON À LA TÉLÉ.
IL NE DEVIENT PAS TOUT BLEU, DOCTEUR, IL DEVIENT TOUT VERT.
AH BON ?
VOUS... VOUS EN ÊTES SÛRE ?
SÛRE ET CERTAINE C'EST LE FEUILLETON PRÉFÉRÉ DE MON GAMIN...
MAIS ALORS ?!...
ALORS, ON S'EST ENCORE TROMPÉ DANS LE DOSAGE DES GAZ ?
BEN QUOI ? ÇA PEUT ARRIVER À TOUT LE MONDE, NON ?

Entre rires et larmes

LES ANALYSES DE SANG, D'URINE ET DE LA RATE SONT FORMELLES. DE PLUS, SES FIÈVRES ONDULANTES ET PERSISTANTES ACCOMPAGNÉES DE SUEURS NOCTURNES, SES DOULEURS DIFFUSES, MUSCULAIRES ET OSSEUSES...
TOUT CELA SONT DES SYMPTÔMES QUI NE TROMPENT PAS.
AH ?
VOTRE MARI A CONTRACTÉ LA BRUCELLOSE...
LA...?
LA BRUCELLOSE.
MAIS C'EST UNE MALADIE DE COCHON, ÇA !
ENTRE AUTRES...
ALORS LÀ, C'EST INCROYABLE !
QU'IL AIT TOUJOURS EU UNE TÊTE DE COCHON, ÇA, JE LE SAVAIS...
QU'IL AIT SOUVENT AGI COMME EUX, À PEU DE CHOSE PRÈS, DANS LA VIE, DANS SA FAÇON DE MANGER ET DE SE COMPORTER, AUSSI...
MAIS QU'IL AILLE JUSQU'À PARTAGER LEURS MALADIES, ÇA JE NE L'AURAIS JAMAIS CRU !
DITES... DOCTEUR... IL VA... IL VA FALLOIR... L'ABATTRE ?...
PARDON ? QUI ÇA ?
BEN,...MON MARI ! DANS CE CAS-LÀ, C'EST CE QU'ON FAIT AVEC LES COCHONS, NON ?
MADAME...
VOUS N'ALLEZ PAS COMPARER VOTRE MARI ET UN GORET TOUT DE MÊME. L'ANTIBIOTHÉRAPIE LUI PERMETTRA D'OBTENIR LA GUÉRISON !

À CE PROPOS, EXERCE-T-IL UNE PROFESSION QUI LE METTE EN CONTACT DIRECT AVEC DES ANIMAUX ? VÉTÉRINAIRE, BERGER, ÉQUARRISSEUR, PAR EXEMPLE ?
NOOON ! IL ÉTAIT FONCTIONNAIRE. IL EST RETRAITÉ DEPUIS PLUS DE DIX ANS.
IL ÉLÈVE JUSTE UNE CHÈVRE. IL LA TRAIT TOUS LES MATINS. IL ADORE LE LAIT DE CHÈVRE...
LE LAIT, IL LE FAIT BOUILLIR ?
NON ! C'EST DIRECTEMENT DU PIS AU CONSOMMATEUR. IL A TOUJOURS EU HORREUR DES INTERMÉDIAIRES.
C'EST INSENSÉ ! C'EST DE LA FOLIE DE BOIRE UN LAITAGE NON PASTEURISÉ, SURTOUT VENANT D'UN ANIMAL INFECTÉ !
AH BON ?
DÉSOLÉ. MAIS IL FAUDRA L'ABATTRE...
L'ABATTRE !? MAIS IL N'Y A PAS DEUX SECONDES VOUS DISIEZ...
LA CHÈVRE, PAS VOTRE MARI, MADAME !
AH BON ?
ÉCOUTEZ... JE... JE... MADEMOISELLE, RECONDUISEZ MADAME ET AMENEZ-MOI LE PATIENT SUIVANT !
PAR ICI S.V.P...
HI HI HI
QU'EST-CE QU'IL LUI PREND ? IL NE SE SENT PAS BIEN ?
À MON AVIS, VOUS DEVRIEZ LUI CONSEILLER D'ALLER CONSULTER UN MÉDECIN...
HI HI ! HI HI HI HI ! ASSEZ ! ASSEZ !
335
PLUS TARD...
DIS, PAPA, QU'EST-CE QU'ELLE A, MAMAN ?
TU TE SOUVIENS DE CE QUE JE T'AI DIT HIER... QUOIQUE TA MAMAN NE SOIT PAS DIRECTEMENT EN CONTACT AVEC LES MALADES, ELLE SE TROUVE PARFOIS CONFRONTÉE À DES SITUATIONS PÉNIBLES...
OUI !
HI ! HI HI HI HI ! HI HI HI HI
EH BIEN, À MON AVIS, AUJOURD'HUI, ÇA A DÛ ÊTRE LE CONTRAIRE...
CAUVIN

Elle avait une jambe de bois...

Dans le bain

PCHHHHHH
ZIP ZIP
PCHHHHHH
CLAP
QUELQUES PRÉCAUTIONS SONT UTILES AVANT D'ENTRER DANS SON BAIN...
TOUT D'ABORD, NE FERMEZ JAMAIS LA PORTE DE VOTRE SALLE DE BAINS À CLÉ...
VÉRIFIEZ QUE L'EAU NE SOIT PAS TROP CHAUDE...
CLIP
...L'EAU CHAUDE PEUT PROVOQUER UNE CHUTE DE TENSION OU UN MALAISE POUVANT ALLER JUSQU'À LA PERTE DE CONNAISSANCE.
CLAP
EXCUSE-MOI, PAPA !
TU POURRAIS QUAND MÊME FRAPPER AVANT D'ENTRER.
LA PORTE N'ÉTAIT PAS VERROUILLÉE...
ET PUIS JE N'EN AI QUE POUR UN INSTANT.

EXCUSE-MOI ENCORE, PAPA !
MGNGNNN...
SI VOUS AVEZ UN CHAUFFE-EAU À GAZ...
OUI.
VÉRIFIEZ QUE LA PORTE SOIT ÉQUIPÉE D'UNE GRILLE DE VENTILATION SPÉCIALE...
EH BEN... NON !
SI PAS...
SI PAS ?
LAISSEZ TOUJOURS LA FENÊTRE OUVERTE...
WOOOOOOOOOO
CLAP !
OU LA PORTE...
VOUS ÉVITEREZ AINSI TOUT RISQUE D'INTOXICATION À L'OXYDE DE CARBONE...
...XCUSE-MOI, PAPA.
NATHALIE, JE T'AI DÉJÀ DEMANDÉ CENT FOIS DE FRAPPER AVANT D'ENTRER...

LA PORTE ÉTAIT OUVERTE...
ET PUIS JE N'EN AI QUE POUR UN INSTANT.
MERCI !
SLAM
FAITES ATTENTION À TOUT CE QUI EST APPAREILS ÉLECTRIQUES. DANS UN MOMENT DE DISTRACTION, ON PEUT ATTRAPER SON RASOIR OU SON SÈCHE-CHEVEUX ET UNE ÉLECTROCUTION PEUT ENTRAÎNER LE DÉCÈS.
ÉLOIGNEZ-LES LE PLUS POSSIBLE DE LA BAIGNOIRE.
PAPA ? QU'EST-CE QUE TU FAIS ? TU DÉMÉNAGES ?
NATHALIE, MILLE MILLIARDS DE
BON BON !...
PLUS TARD...
P... PAPA ?
OUI ?
JE... JE PEUX ENTRER ?
OUI !
TU SAIS, MAMAN, IL EST QUAND MÊME BIZARRE, PAPA. IL SE FAIT COULER L'EAU D'UN BAIN, ET À PRÉSENT, IL PREND UNE DOUCHE.
C'EST TOUT LUI, ÇA !

Et la lumière fut...

ET POURQUOI PAS? À LA GUERRE COMME À LA GUERRE... ALLEZ-Y!
PLUS TARD...
AAAAAAAAHHHH!
BLAF!
CLAC
339
ÇA A DÛ LUI FAIRE UN CHOC!
À MON AVIS, EN SE RÉVEILLANT, IL A DÛ SE CROIRE AU PARADIS.
À PRÉSENT, IL Y EST.
MORGUE
Bercovici - Cauvin.

Faux espoir

SALUT, TOI.
SALUT.
LISETTE, JE PEUX TE DIRE QUELQUE CHOSE ?
OUI, VAS-Y !
PROMETS-MOI DE NE PAS TE FÂCHER !
JE PROMETS.
CESSE DE DONNER DE FAUX ESPOIRS À L'OCCUPANT DU 419. IL N'EST PAS IDIOT. IL SAIT TRÈS BIEN CE QU'IL A.
MOÂ, JE LUI DONNE DE FAUX ESPOIRS !?
OUI TOÂ !
CHAQUE MATIN, QUAND ON LUI FAIT SA TOILETTE, TU N'ARRÊTES PAS DE LUI RABÂCHER QUE, BIENTÔT, IL QUITTERA L'HÔPITAL.
MAIS JE LE PENSE VRAIMENT.
OÙ ALLEZ-VOUS ?
DONNER LES SOINS AU 419.
330
IL EST DÉCÉDÉ CETTE NUIT. SA FAMILLE EST VENUE CE MATIN ENLEVER LE CORPS POUR L'EMMENER DANS UN FUNÉRARIUM.
LÀ, TU VOIS ?
BERCOVICI - CAUVIN

Il y a un hic...

HIC!
HIC
NON, NON ET NON! CETTE FOIS, J'EN AI ASSEZ!
TU NE VAS PAS ME REPROCHER D'AVOIR UNE CRISE DE HOQUET?
HIC
UNE CRISE QUI DURE DEPUIS TROIS JOURS!
HIC
TU SAIS BIEN QUE NOUS AVONS TOUT ESSAYÉ POUR LA FAIRE CESSER...
HIC
EH BIEN, ESSAYONS ENCORE!
RESPIRE LENTEMENT, BIEN À FOND, ET À PLUSIEURS REPRISES...
MMMM... FFFFF... MMMM... FFFF... MMMM... FFFFF...
HIC
BOIS CE VERRE D'EAU... LENTEMENT... À PETITES DOSES...
GLOUP
GLOUP
GLOUP
GLOOÜÜÜP
HIC
ESSAIE DE RETENIR LE PLUS LONGTEMPS POSSIBLE TA RESPIRATION...
MMMMM...
FFF
FFFF...
FF...
FFFFFFFFFFF...
BLAF

HIC
NON, FRANCHEMENT, ÇA A ASSEZ DURÉ. DEMAIN, TU ME FERAS LE PLAISIR DE TE RENDRE À L'HÔPITAL.
HIC
OUI, CHÉRIE!
HIC
ÉCOUTEZ, MONSIEUR, CETTE NUIT, IL Y A UN TRAIN QUI A DÉRAILLÉ! ON NOUS A AMENÉ VINGT-SIX BLESSÉS GRAVES, LES MÉDECINS SONT SUR LES DENTS, ILS ONT TRAVAILLÉ TOUTE LA NUIT, ET VOUS, VOUS VENEZ VOUS PRÉSENTER AUX URGENCES AVEC UNE BÊTE CRISE DE HOQUET!
HIC
AVEZ-VOUS SEULEMENT ESSAYÉ DE LA FAIRE PASSER?
OH OUI!
EH BIEN, ESSAYEZ ENCORE!
HIC
RESPIREZ LENTEMENT, BIEN À FOND, ET À PLUSIEURS REPRISES...
MMMMM FFFFF MMMM FFFFF MMMMM FFFFF
TIC TIC TIC
HIC
BUVEZ UN VERRE D'EAU, LENTEMENT, À PETITES GORGÉES...
GLOUP GLOUP GLOOUUUUP GLOUP GLP
HIC!
TIC TIC TIC
ESSAYEZ DE RETENIR LE PLUS LONGTEMPS POSSIBLE VOTRE RESPIRATION...
MMMMMMM...
FFF
FFF
FFF...
BLAF
FFFFFFFFFFF
HIC

QUE SE PASSE-T-IL, ICI ?
IL SOUFFRE D'UNE CRISE DE HOQUET, DOCTEUR, ET...
HIC
TAP TAP
ET VOUS AVEZ ESSAYÉ DE LA FAIRE PASSER ?
HIC
OUI !
EH BIEN, ESSAYEZ ENCORE !
RESPIREZ LENTEMENT...
MMMM FFFF... MMMM FFFF... MMMM FFFF...
HIC
...ESSAYEZ UN VERRE D'EAU...
GLOU GLOU GLOUUUU GLOU
HIC
...BLOQUEZ VOTRE RESPIRATION...
MMMM...
FFF FF... F...
BLAF !
PLUS TARD...
F... FF... FFFF... FF... FFFFFFFF
HIC !
NON, NON ET NON ! JE COMMENCE À EN AVOIR ASSEZ !
VOUS N'ALLEZ PAS ME REPROCHER D'AVOIR UNE CRISE DE HOQUET ?
HIC
HIC
A-T-IL SEULEMENT ESSAYÉ DE LA FAIRE PASSER ?
PARAÎT QUE OUI !
EH BIEN, QU'IL ESSAIE ENCORE !

Chloé
Cédric